DISCOURS

PRONONCÉ

A L'AUDIENCE SOLENNELLE DE RENTRÉE

DE LA COUR ROYALE DE POITIERS,

le 13 novembre 1838,

PAR M. GILBERT-BOUCHER,

Procureur général.

———

SUR LES INCONVÉNIENTS ET LES DANGERS DES SOLLICITATIONS
ET DES RECOMMANDATIONS.

POITIERS,

DE L'IMPRIMERIE DE F.-A. SAURIN.

—

1838.

DISCOURS

PRONONCÉ

A L'AUDIENCE SOLENNELLE DE RENTRÉE

De la Cour royale de Poitiers,

le 13 novembre 1838,

PAR M. GILBERT-BOUCHER,
Procureur général.

——•——

**Sur les Inconvénients et les Dangers des sollicitations
et des recommandations.**

═══════════

MESSIEURS,

A entendre les moralistes de notre époque,
jamais la corruption ne fut plus universelle. On
ne fait aucun cas de l'honneur et de la probité.
L'homme le plus riche, qu'il se soit élevé à la
fortune par l'intrigue, la fraude ou la rapine, est
aussi l'homme le plus considéré. Il n'est pas une
action qui ne prenne sa source dans un vil intérêt,
dans un froid égoïsme ; l'argent est le dieu, le
seul dieu qu'on adore. Religion, vérité, justice,

amour de la patrie, tout est sacrifié au besoin de se procurer des jouissances matérielles. Le crime lui-même a ses héros, et plus il étale de cynisme et d'audace, plus il compte d'admirateurs et d'apologistes. Enfin on affronte les horreurs du suicide comme si la mort n'était qu'un éternel sommeil ou l'échange assuré d'une vie pénible et laborieuse contre une vie pleine de charmes et de délices.

Il y a sans doute beaucoup d'exagération dans ce tableau. Les mœurs d'un peuple ne changent qu'insensiblement et à la longue. Nos pères n'avaient ni plus de simplicité, ni plus de droiture que nous. On remarquait en eux les mêmes passions, les mêmes erreurs, les mêmes faiblesses; et à tout prendre, si l'on mettait dans une balance les vices des différents siècles, peut-être n'aurions-nous pas à nous affliger du résultat de l'épreuve.

Cependant les déclamations contre l'état actuel de la société ne doivent pas être perdues pour la magistrature. On l'observe d'un œil malveillant, on provoque contre elle d'injustes défiances, on l'attaque jusque dans le sanctuaire où elle prononce ses arrêts. Il ne lui suffit donc pas d'être fidèle à ses devoirs, à son honneur, à sa conscience, à ses serments, pour conserver son crédit et son autorité; il faut encore qu'elle soit atten-

tive à ses moindres démarches , qu'elle règle
toutes ses actions avec autant de prudence que de
discernement; qu'au mérite d'être irréprochable
elle joigne celui de le paraître ; enfin , qu'elle se
roidisse contre des usages que le plus simple bon
sens réprouve , et qui tendent à affaiblir le res-
pect qu'on a pour elle. Au nombre de ces usages
pernicieux , il en est un , celui des sollicitations
et des recommandations, qui appelle une réforme
sérieuse , et dont je me propose de signaler au-
jourd'hui les inconvénients et les dangers.

La justice qu'exercent les magistrats n'est pas
la leur, c'est la justice du Roi, la justice de Dieu.
Ils la doivent dans toute sa pureté aux pauvres
comme aux riches, aux bons comme aux méchants. Oui, aux méchants eux-mêmes! Rappelez-
vous cette vive et spirituelle repartie d'un avocat
à qui l'on reprochait l'opprobre et l'infamie de
son client : « A vrai dire, mon client est un fourbe,
» un parjure, un voleur; il porte encore les styg-
» mates du crime ; mais ses juges sont au-dessus
» des préventions. Cette fois sa cause est bonne ,
» il ne peut donc manquer de la gagner (1). » Il
la gagna en effet, Messieurs; car il avait affaire à
des hommes éclairés, consciencieux, inaccessibles
à la haine ainsi qu'à la faveur, et qui se croyaient

_____

(1) Plan de législation sur les matières criminelles. Introd. xxxix.

juges du pré ou du champ, non de la vie, non des mœurs, non de la religion des plaideurs (1).

Mais si les magistrats sont les représentants de Dieu sur la terre, si leur obligation la plus étroite est de juger comme Dieu, sans trouble, sans emportement, sans passion, et de ne prendre que la sagesse et la vérité pour guides; s'ils ont été revêtus des fonctions les plus augustes, non pas pour suivre le penchant de leur propre volonté, mais pour se soumettre à toute la sévérité des règles, non pas pour examiner la condition des citoyens, mais leurs droits, pour s'enquérir des personnes, mais des causes, que signifient les sollicitations et les recommandations dont on les assiége?

Les prétextes ne manquent pas au plaideur qui, par ces voies obliques et irrégulières, cherche à surprendre la religion des magistrats. Tantôt, s'il visite ses juges, ce n'est que pour faire acte à leur égard de déférence et de soumission; tantôt il n'a d'autre but que de les supplier d'apporter à la discussion d'un procès surchargé d'incidents une attention toute spéciale. Cette fois-ci, l'affaire exige des explications et des développements que seul il peut offrir. Vains et astucieux prétextes qui

---

(1) Harangue du chancelier Lhospital au parlement de Rouen, 17 août 1563.

ne sauraient abuser les esprits même les moins clairvoyants !

Un magistrat partial est tout à la fois la honte et le fléau de la justice ; et l'on appelle acte de déférence et de soumission, la démarche d'un plaideur qui vient dire à son juge en termes plus étudiés, plus polis sans doute, mais non moins significatifs : « Si ma cause est bonne, ne me faites » aucun tort ; si vous la trouvez mauvaise, ne vous » montrez pas rigoureux envers moi. » Arrière cette soumission hypocrite qui suppose le juge capable de se laisser circonvenir, et qui, sous les formes les plus souples et les plus humbles, n'est en réalité qu'un sanglant outrage !

Il n'y a rien de plus nécessaire, de plus impérieusement prescrit au magistrat que l'attention. S'il ne se met pas en peine de s'éclairer et de s'instruire, comment se garantira-t-il des illusions et des erreurs que l'homme le plus appliqué n'évite lui-même que difficilement ? Pour le plaideur injustement condamné il n'existe aucune différence entre le juge qui, par tiédeur ou paresse, n'a pris qu'une connaissance imparfaite du procès et le juge qui a lâchement prévariqué. L'incurie de l'un lui est tout aussi funeste que la perversité de l'autre. Inviter un juge à suivre avec sollicitude les débats d'une affaire, c'est donc l'accuser implicitement de négligence habituelle et mettre en quelque sorte sa probité en question (1).

« Si notre intention n'est pas de blesser les » droits d'autrui, » disait un roi de Macédoine (2) à son frère qui le pressait de juger un procès dans l'intérieur de ses appartements et à huis clos, « laissons le procès s'agiter et se décider sur » la place publique et à la vue des citoyens. » C'est en effet devant tout le peuple, dans le lieu de tout temps consacré aux luttes judiciaires, *in loco majorum*, que le magistrat doit écouter les raisons des parties et rendre justice à chacun. On conçoit difficilement qu'il puisse établir dans sa propre maison un tribunal particulier où le plaideur soit admis à exposer les faits de sa cause, non pas tels qu'ils sont réellement, mais tels qu'il lui importe de les faire paraître; à diffamer, à

(1) C'est ce que pensait M. Lhéritier de Brutelle, ancien conseiller à la Cour des Aides, juge au tribunal du 2ᵉ arrondissement de Paris, et botaniste célèbre, mort en 1800. Dans la notice qu'il nous a laissée de ce magistrat, un homme dont le nom seul est un magnifique éloge, Cuvier s'exprime ainsi : « Lhéritier fit arrêter par le tribunal qu'au- » cun de ses membres ne recevrait de solliciteurs ; selon lui, cet » usage d'entretenir son juge hors de l'audience est une insulte et » suppose, ou qu'il ne prête pas aux parties l'attention qu'il leur » doit, ou qu'il peut céder à des motifs qu'on n'oserait pas lui alléguer » en public. »

(2) Antigonus. OEuvres morales de Plutarque. Dits notables des anciens rois.

calomnier son adversaire absent, et à inspirer
contre lui des préventions d'autant plus fâcheuses
que trop souvent elles sont ineffaçables. Cependant les faits en déposent; tous les jours le magistrat donne audience chez lui, et parce que la
faculté de l'approcher et de l'entretenir est réciproque, il se croit exempt de blâme. Ainsi, libre
aux deux plaideurs de s'attaquer dans l'ombre,
de se dénigrer tour à tour avec plus ou moins
d'adresse et de perfidie, et de tenter toutes sortes
de moyens pour mettre en défaut la sagacité du
juge. Encore si quelque rayon de lumière pouvait
jaillir de ce désordre; mais comment discerner le
vrai d'avec le faux, à travers un dédale de faits ou
défigurés ou envenimés par la passion! quelle foi
prêter à des explications intéressées, presque toujours dénuées de preuves, et qui ne pourraient
être sainement appréciées que si les parties étaient
en présence? En un mot, le juge ne se trouverat-il pas dans la fâcheuse situation de Dioclétien si bien dépeinte par l'historien Vopiscus :
Imperator qui domi clausus est, vera non novit; cogitur hoc tantùm scire quod illi loquuntur, quid multa!
ut Diocletianus ipse dicebat, bonus, cautus, optimus
venditur imperator.

Mais qu'importe, après tout, que la facilité de
visiter les magistrats soit réciproque? Un homme
peut se rencontrer qui de peur d'offenser ses

juges s'abstienne d'user de cette faculté, et, comme l'Alceste du *Misanthrope*, se repose entièrement du succès de sa cause sur la raison, son bon droit, l'équité. Faudra-t-il donc qu'il porte la peine de sa crainte révérentielle, et qu'il soit opprimé, ruiné, pour avoir laissé le champ libre à son adversaire moins délicat et moins timoré que lui?

La pauvreté, les distances, un long voyage, les soins multipliés d'un service public, une maladie grave, tant d'autres circonstances imprévues, peuvent empêcher un plaideur de se présenter chez ses juges. Quel immense avantage pour celui qui n'éprouve ni les mêmes contrariétés, ni les mêmes obstacles !

Mais qu'arrivera-t-il si l'un des deux plaideurs est versé dans les usages du monde, s'il a du tact, de l'habileté, s'il s'exprime aisément et avec élégance, tandis que l'autre est ignorant, grossier, ou un de ces êtres maltraités par la fortune, dont Juvénal a dit :

> Plurima sunt quæ
> Non audent homines pertusâ dicere lænâ.
>
> *Sat.* 5, *v.* 130.

Alors peut-être se justifiera tout naturellement cette pensée de Pascal, qu'il est difficile de présenter une chose à la décision d'un tiers sans corrompre son jugement par la manière de la lui proposer (1).

Quelle épreuve encore pour le juge, si une femme jeune, ornée des grâces du corps et de l'esprit, se trouve engagée dans le procès! De tous les tribunaux d'Athènes, l'Aréopage était celui qu'on révérait le plus; composé de citoyens recommandables par d'éminentes vertus et une conduite sans reproche, il imprimait à ses décisions un tel caractère de justice et d'impartialité, qu'on accourait de toutes les parties de la Grèce, de Rome même, pour se soumettre à son arbitrage, et cependant l'histoire rapporte qu'accusée d'impiété devant ce tribunal, Phryné dut son absolution à sa rare beauté plutôt qu'à l'éloquence ordinairement si entraînante d'Hypéride (2).

On a vu quelquefois la vertu du magistrat se briser contre d'autres écueils. Les puissants du monde semblent ignorer qu'on représente la Justice un bandeau sur les yeux, pour avertir qu'elle rend ses oracles sans acception de qualité, de rang ou de fortune. Et loin d'imiter Agésilas refusant des lettres de recommandation pour ses hôtes et pour ses amis d'Asie, parce que ses amis faisaient ce qui était juste sans qu'il fût néces-

(1) Pensées de Pascal, édit. de 1783, p. 241.
(2) Quintilien, de l'Institution de l'orateur, liv. 2, chap. 15.

saire de les en prier (1), ils sollicitent, ils re-
commandent avec ardeur (2), et plus leurs désirs
sont indiscrets, immodérés, coupables même,
plus ils obsèdent le magistrat et s'attachent à le
subjuguer. Sans doute les droits du faible tri-
omphent presque toujours de ces brigues et de
ces manœuvres; plus d'un exemple fameux atteste pourtant que la justice a ses moments de
deuil et d'affliction, et que l'innocence peut suc-
comber sous les efforts d'un homme en crédit.

Richelieu avait juré la mort du maréchal de
Marillac, son ennemi déclaré. Il le fait accuser de
péculat. Il invoque contre lui des lois tombées en
désuétude. Il visite les juges; il se sert pour les
entraîner de tout l'ascendant que lui donne sa
haute position. Marillac est condamné, et malgré
ses longs services, ses blessures et sa fidélité,
il porte sa tête sur l'échafaud. On raconte
qu'après l'exécution, Richelieu remercia en

(1) OEuvres morales de Plutarque. Dits notables des Lacédémo-
niens.

(2) Louis XIV était beaucoup plus circonspect. Un de ses valets de
chambre le priait, comme il se mettait au lit, de faire recommander
à M. le premier président un procès qu'il avait contre son beau-père,
et lui disait en le pressant : « Hélas! Sire, vous n'avez qu'à dire un
» mot. — Eh! lui dit le roi, ce n'est pas de quoi je suis en peine;
» mais, dis-moi, si tu étais à la place de ton beau-père et ton beau-
» père à la tienne, serais-tu bien aise que je le disse ce mot? »
(*Tablettes anecdotiques et historiques de France*, t. 3, p. 191.)

ces termes les instruments de sa vengeance :
« Il faut avouer que Dieu a départi aux juges
» des lumières qu'il n'accorde pas aux autres
» hommes. Assurément, je ne me serais jamais
» imaginé qu'il y eût dans les documents
» recueillis contre le maréchal de Marillac de
» quoi le condamner à mort (1). » Que ces remercîments, bien dignes et du ministre qui les
a faits et des juges qui se les sont attirés, que
ces remercîments soient à jamais la leçon des
magistrats dont le courage pourrait chanceler et
qui seraient tentés de céder à l'influence des di-
gnités et des grandeurs.

Après les sollicitations et les recommandations
des personnes élevées, viennent celles des amis
et des proches. « Quelque bon dessein qu'ait un
» juge, a dit Montaigne, s'il ne s'écoute de près,
» à quoy peu de gens s'amusent, l'inclination à
» l'amitié, à la parenté...., peut insinuer insen-
» siblement en son jugement la recommandation
» ou défaveur d'une cause et donner peute à la
» balance (2). » Il est bien difficile, en effet, au
magistrat de se tenir constamment en garde
contre les suggestions de ceux qui vivent avec lui,

---

(1) Limiers, Supplément à l'Abrégé chronologique de Mézeray,
t. 2, p. 33. — L'abbé Millot, Éléments de l'histoire de France, t. 3,
p. 187.

(2) Essais de Michel de Montaigne, liv. 2, chap. 12.

connaissent ses goûts, ses penchants, ses vertus, ses faiblesses, et peuvent à chaque instant l'attaquer par le point le plus vulnérable; de résister à l'entraînement des sympathies politiques ou religieuses, et de refouler dans son cœur les sentiments les plus doux, ceux de la reconnaissance et du dévoûment. Au milieu des assauts livrés à sa fermeté et à son indépendance, la victoire lui restera, je le veux, je le crois; mais le plaideur sans protection admettra-t-il, s'il échoue, que les chances aient été égales entre lui et son heureux antagoniste, et n'attribuera-t-il pas à des impressions venues des parents, des amis du juge, un revers qu'il n'aura dû qu'à la témérité de ses prétentions ?

Cependant il est des hommes honorables qui, dominés par cette considération que la plupart des peuples civilisés, la France elle-même, ont constamment toléré les sollicitations, réclament le maintien d'un abus qui a pour lui la consécration du temps. Le mal a duré pendant une longue suite d'années ; c'est assez : dans leur antipathie pour les innovations, ils le regardent presque comme un bien.

A la vérité, on sollicitait chez les Grecs; mais lorsque le plus grand des philosophes parut devant ses juges sous la double accusation d'impiété et de corruption de la jeunesse, il protesta contre

les prières et les sollicitations par ce trait de vi-
goureuse éloquence : « Je ne crois pas, Athé-
» niens, qu'il soit permis de prier son juge ou
» de se faire absoudre par des supplications. Il
» faut le persuader et le convaincre. Le juge n'est
» pas assis sur son siége pour accorder quelque
» faveur en violant la loi, mais pour rendre jus-
» tice en obéissant à ce qu'elle prescrit. Il n'a
» pas prêté serment de faire grâce à qui il lui
» plaît, mais de faire justice à qui il la doit (1). »

A Rome, on sollicitait également. Pour remé-
dier aux désordres qui en étaient la suite, Gratien
défendit par une loi expresse de laisser entrer
aucun habitant de la province, quel qu'il fût, chez
les juges ordinaires l'après-midi, c'est-à-dire aux
heures où se faisaient les sollicitations (2). Trente
ans s'étaient à peine écoulés, que déjà cette loi
avait cessé d'être en vigueur et qu'Honorius était
obligé de la renouveler.

En France, « du temps du roi Louis le Hutin,
» dit le chancelier Olivier dans une harangue
» prononcée en 1549 au parlement de Paris, de
» nulle cause pendante au parlement les con-
» seillers ne recevoient avertissement ne paroles
» privées en leurs maisons ne ailleurs qui leur en

(1) Platon, Apologie de Socrate, fragment traduit par Lenliette.
(2) La loi est de l'année 377.

» voulust parler, mais seulement au parlement
» les parties présentes, plaidantes et monstrant
» leurs droits (1). »

A mesure que la puissance des parlements s'ac-
crut, on se relâcha sur ce point de la sévérité de
la discipline. Ces grands corps de l'État, qui vé-
rifiaient et enregistraient les édits, faisaient des
remontrances, publiaient des arrêts de règlement,
condamnaient aux peines les plus graves *pour les
cas résultants du procès*, décidaient contre les pré-
ceptes du droit à l'aide de cette formule : *Sans
tirer à conséquence*, en vinrent jusqu'à se croire au-
dessus des ordonnances de nos Rois, et il se trouva
des auteurs assez peu éclairés ou assez courtisans
pour soutenir cette thèse absurde : que les juges du
premier degré devaient rigoureusement observer la
loi ; que les juges supérieurs, au contraire, étaient
libres de la modifier et d'en tempérer la rigueur
suivant les principes de l'équité : comme si l'équité
de la loi ne devait pas l'emporter sur une équité
purement arbitraire, et qui, pareille à ces feux
trompeurs allumés sur les rochers que battent les
flots de la mer, ne cause trop souvent que des
désastres et des ruines!

Il ne faut donc pas s'étonner qu'avec ces idées
exagérées d'omnipotence, les parlements ne se

(1) Traité de la majorité de nos rois, par Dupuy, p. 579.

fissent pas scrupule de recevoir les solliciteurs. En les pressant de juger, même contre la loi, on ne leur demandait que ce qu'ils s'imaginaient avoir le droit d'accorder. On n'offensait ni leur susceptibilité, ni leur délicatesse.

Cependant, de temps à autre, nos Rois s'efforçaient de contenir les parlements dans le devoir. C'est ainsi qu'en haine des sollicitations, Charles VII, Louis XII et François I, prohibèrent formellement de faire connaître aux parties le nom de leur rapporteur ; mais la prohibition fut mal accueillie, les parlements n'en tinrent aucun compte.

Les choses furent poussées plus loin : on vit les magistrats solliciter pour leurs parents, pour leurs amis, pour des personnes avec lesquelles ils n'entretenaient que de simples relations de société. François I et Henri III entreprirent de mettre un frein ce scandale. L'édit de Villers-Cotterets, celui de Blois instituèrent des peines contre les magistrats qui s'entremettraient de solliciter ou recommander.

Dans certaines occasions, les parlements eux-mêmes comprirent ce qu'exigeait leur propre dignité, et s'ils ne déployèrent pas une énergie suffisante, toujours est-il qu'ils cherchèrent à améliorer l'état des choses. De là, cet arrêt du

parlement de Toulouse (1) qui « interdit aux
» femmes des juges et officiers de justice, sous
» les peines déterminées par le droit, ordon-
» nances et autres arbitraires, de ne directement
» ou indirectement, par elles ou interposées per-
» sonnes, solliciter pour les parties plaidoyantes,
» si ce n'est dans leurs propres causes et dans
» celles de leurs prochains parents. » De là aussi
ce règlement disciplinaire (2) par lequel le parlement de Provence décida que les plaideurs, même
ceux de la ville d'Aix, quelle que fût leur qualité
ou leur condition, ne pourraient être visités par
les juges de la cause qu'après la prononciation de
l'arrêt, et par les autres juges qu'une seule fois
avant la fin du litige.

Ce n'est pas avec des mesures si timides qu'on
pouvait se flatter de faire disparaître le mal; aussi
s'est-il perpétué jusqu'à nos jours; et parce qu'il a
jeté de profondes racines, parce qu'il a survécu
aux nombreuses réformes que l'ordre judiciaire a
subies, on désespère de l'extirper.

Vers la fin du quatrième siècle, dans un dis-
cours adressé à Théodose pour obtenir une loi

(1) Du 23 mars 1539. Larocheflavin, des Parlements de France,
p. 627.
(2) Du 5 juin 1628. Cabasse, Essais sur le parlement de Provence,
t. 2, p. 39.

contre les sollicitations, Libanius s'étonnait qu'on entreprit de justifier un abus par son ancienneté.

« Je n'ignore pas, disait l'illustre maître de » saint Basile et de saint Jean-Chrysostôme, qu'il » y a déjà longtemps que l'usage des sollicitations » s'est introduit; mais il y a tout aussi longtemps » qu'on en éprouve les mauvais effets. Plus un » mal est invétéré, plus un habile médecin at- » tache d'importance à le guérir. Il ne s'agit pas » d'examiner si le mal est ancien, mais si c'est » un mal. N'est-il pas constant que les gouver- » neurs qui ont proscrit les sollicitations se sont » acquis bien autrement d'estime que ceux qui les » ont autorisées? Qu'on ne dise pas que les juges » sont à l'épreuve des prières, l'expérience est là » pour démontrer qu'il n'en est rien (1). »

Libanius avait raison, Messieurs, l'expérience nous enseigne que les meilleures intentions ne suffisent pas pour communiquer aux interprètes de la loi une impassibilité stoïque et les élever au-dessus des faiblesses humaines. J'en atteste la noble sincérité d'un magistrat vieilli sous la toge (2), et qui, dans un ouvrage couronné en

(1) Harangues et autres œuvres de Libanius, Venise, 1755; Paris, 1606 et 1627.

(2) M. Bucquet, procureur du roi au siége de Beauvais, savant jurisconsulte et antiquaire.

1783 par l'une des plus savantes académies du
royaume, révèle ainsi les misères de son propre
cœur : « L'amour de la justice m'engage à faire
» ici une confession qui peut être utile. J'ai tou-
» jours été en garde contre la prévention ; et je
» me la reproche peu pour les causes que je n'ai
» connues qu'à l'audience ou en rapport. Si la dif-
» férence des parties, celle du talent de leurs dé-
» fenseurs, me causait quelque éblouissement, la
» majesté du lieu, les opinions des autres juges,
» avaient bientôt dissipé l'illusion; le germe était
» étouffé en naissant. Mais quand la sollicitation
» d'une personne distinguée par son état et son
» extérieur, la recommandation d'un protecteur
» puissant, l'art d'un avocat ou d'un procureur,
» avaient enfoncé l'aiguillon de la séduction, la
» plaie était faite, et l'injustice que mon cœur
» abhorrait, était déjà commise dans mon esprit:
» rien ne pouvait faire évanouir le prestige, ou
» s'il disparaissait, c'était presque toujours trop
» tard. Je m'écriais, dans l'amertume de ma dou-
» leur, pourquoi la loi n'est-elle pas venue au
» secours de ma faiblesse? J'aurais dit au solli-
» citeur, au protecteur : Il ne m'est pas permis
» de vous entendre, et ce mot eût suffi pour l'é-
» carter. »

Plus heureux que le digne magistrat dont les

aveux sont si touchants et si tristes à la fois, nous
avons un règlement qui abolit les sollicitations (1);
mais à quoi servirait ce règlement , fruit de vos
méditations et de vos lumières, s'il n'était considéré que comme une lettre morte, et si l'on se
dispensait de l'observer? La gloire des magistrats
consiste moins encore à prendre de sages et judi-
cieuses résolutions qu'à les exécuter ponctuellement
après les avoir prises. Vous avez reconnu que les
sollicitations étaient un mal , ce serait vous con-
tredire vous-mêmes que de les permettre à l'ave-
nir. Les recommandations ne sont pas moins
contraires au bon ordre que les sollicitations (2).
Celui qui recommande ne s'inquiète ni des pres-
criptions de la loi, ni du droit des parties, ni de
l'inviolabilité des serments que vous avez faits en
revêtant la toge; il n'a qu'un but, celui de servir
des parents, des amis, qui le plus ordinairement
n'ont d'autre titre à mettre en avant que l'appui
même qu'on leur prête : il sait bien que c'est au
juge et non pas au protecteur que l'opinion publique demande des comptes sévères; mais pourvu
que le succès réponde à ses efforts, que lui im-

(1) Il est du 17 novembre 1830.

(2) « Peu de gens, » dit M. Dupin dans son écrit sur les magistrats d'autrefois, les magistrats de la Révolution et les magistrats
à venir, « peu de gens se doutent du mal qu'ils font par d'indiscrètes
» recommandations. » J'irai plus loin que le savant procureur général : beaucoup s'en doutent et le font néanmoins.

porte de compromettre un honnête homme et de
jeter le trouble dans sa conscience? Si ce sont là
d'incontestables vérités, pour vivre en paix avec
nous-mêmes, pour nous préserver autant que pos-
sible des atteintes de l'envie et de la malignité,
refusons tout accès aux recommandations. Alors
on nous accusera peut-être d'une trop grande rigi-
dité, plus d'un protecteur déçu nous poursuivra
de ses ressentiments; mais les faibles, mais les
opprimés nous béniront. Vienne l'heure de songer
à la retraite, en recouvrant notre liberté et notre
indépendance, il nous sera doux d'avoir souffert
persécution pour la justice. Que si la mort nous
surprend au milieu de nos travaux, souvent si
durs et si pénibles, quelques regrets nous seront
accordés, et nous laisserons à nos enfants un trésor bien autrement précieux que ces biens dont
la jouissance est environnée de tant de soucis, le
trésor d'une réputation sans tache.

AVOCATS ,

Le règlement qui interdit les sollicitations ne
peut être scrupuleusement exécuté qu'à l'aide de
votre concours; mettez la main à l'œuvre , dé-
tournez vos clients de chercher à se procurer par
des obsessions et des importunités un succès
qu'ils ne doivent attendre que de la justice de

leur cause; n'employez pour eux d'autres armes que celles de la raison, de l'éloquence et du talent.

C'est en combattant la poitrine découverte et au grand jour, que les plus anciens d'entre vous se sont élevés si haut, qu'ils se sont acquis une illustration dont le barreau de Poitiers s'enorgueillit à juste titre. — Ai-je besoin d'ajouter qu'on ne vante pas moins leur délicatesse et leur désintéressement que leur vaste intelligence et la puissance de leur parole, et qu'on n'a jamais été dans le cas de leur appliquer cette réflexion de Quintilien : « Que la coutume de faire des conventions » avec les parties et de les rançonner à propor- » tion du danger qu'elles courent, est plus digne » d'un corsaire que d'un orateur (1). »

AVOUÉS,

Depuis huit ans que la confiance du Roi m'a placé à la tête des parquets de ce ressort, j'ai pu apprécier votre savoir et votre probité.

La Cour vous honore de son estime, et c'est à la satisfaction générale que tout récemment un homme qui fut longtemps votre modèle et votre guide (2) a été choisi, au sortir de vos rangs, pour devenir le premier édile de cette cité.

(1) Quintilien, de l'Institution de l'orateur, liv. 12, chap. 7.
(2) M. Jolly.

« Nous requérons pour le Roi qu'il plaise à la Cour recevoir les avocats inscrits au tableau et présents à l'audience au renouvellement de leur serment

www.ingramcontent.com/pod-product-compliance
Lightning Source LLC
Chambersburg PA
CBHW061735180626
46818CB00006B/2629